그날의 초록빛

창비시선 533

그날의 초록빛

초판 1쇄 발행 / 2026년 3월 25일

지은이 / 김용택
펴낸이 / 염종선
책임편집 / 곽주현 박문수
조판 / 황숙화
펴낸곳 / (주)창비
등록 / 1986년 8월 5일 제85호
주소 / 10881 경기도 파주시 회동길 184
전화 / 031-955-3333
팩시밀리 / 영업 031-955-3399 편집 031-955-3400
홈페이지 / www.changbi.com
전자우편 / lit@changbi.com

ⓒ 김용택 2026
ISBN 978-89-364-2533-3 03810

* 이 책 내용의 전부 또는 일부를 재사용하려면
  반드시 저작권자와 창비 양측의 동의를 받아야 합니다.
* 책값은 뒤표지에 표시되어 있습니다.

그날의 초록빛

김용택 시집

창비

차
례

제 1 부

감정의 존중

결정

정해진 내용

침묵 속에서, 어둠 속에서, 단절 속에서 마디 많은 풀잎 끝
으로 올라가는 길

그 길을 비워둘게요

서운해하지 말아요

당신이 아니어도

괜찮아요

그 약속의 탄생

바람이 숲을 흔드는
그곳으로 가야 해요
숲에서 태어난 나는
바람의 그늘로 날개를 펼 수 있어요
바람 속에 있는 또다른 바람의 냄새
나는 바람이 내주는 길을 따라 숲으로 가요
새들이 머리 위로 날아가네요
고개를 들어요
바람 부는
나뭇가지들을 잡고 당신을 느껴볼게요
세상은 얼마나 아름다운지, 나뭇잎 사이로
구름이 지나가니까
새들이 날아가는 푸른 하늘 끝에도 가보고 싶으니까
바람 불면 풀잎들은 좋아해요 휘어지니까
휘어지며 드리는 극진한
사랑의 고백을 배울 수 있어요
나는 갈래요
손가락 사이로 지나다니는 바람이 꿈을 꾸는 곳
흔들리는 숲의 검은 눈을 나는 보아요

찬란히 찾아드는 입술은 떨리고, 내 고백은
그렇게 풀잎 끝으로 올라온 결정의 저녁 이슬같이
절정을 존중받을래요
해 지면 나는 당신이 오실 길에 나가요
마을 앞을 지나가는 바람에게
사랑이 온다는 말을 날마다 전해 들었어요
작은 돌멩이들의 아픈 자극을 받으며
맨발로도 올 수 있어요
초승달이 뜬 오솔길
벌레들이 기어다니는
그 오솔길은 산에서 내려왔다가 밤이면
이슬을 두고 산으로 돌아가 쉬지요
아픔과 슬픔을 달래주던 다정한 약속같이 오고 있는
어느 저녁이
내 고단한 얼굴을 쓰다듬어주고
그 손길로 다정한 아침을 가져다주었거든요
사랑해요!
산수국꽃에 앉은 보라색 부전나비 두마리의
외로운 사랑과 고민에 처한 날개의 형편에 대하여

그토록 아름답게 다가오던 초저녁의 어둠에 대하여
그 어둠을 따르며 살아나던 생명들의 신비로운
속삭임에 대하여
산그늘 속 우리 입술에 대하여
몰려다니는 여름 구름에 대하여
그 유일무이했던 날들에 대하여
그런 것들로 사랑을 예감하고
오래된 바람의 집터에서
앉아 울다 서서 다시 울던
그 그리움을, 그 기다림을, 그 외로움을,
그 약속의 탄생을
적어둘게요, 식지 않을
사랑의 아픔들을요

달을 보면서

오늘, 산에는
꽃,
꽃이
비었는데
앞산 중턱에
하얀 모습을 드러내고
한 사람이
서 있는데
바람이 자꾸,
바람이 자꾸 배나무 옷을 잡아 내리는구나
강물이 마다해도
그러는구나
손사래가 춥다
그 손으로 시집을 받아 읽었다
학 두마리가
높게, 하늘 높이 날아올라 사라지더니
그 사람이
산 중턱 그 사람이
산을 다 내려와

강가에 서서
우리 집으로 나를 부르는구나
이 시집 좀 보라고,
강바람이 자꾸
다음 시로
책장을 넘겨주더구나
나는 산 중턱
그 사람이
지금도 거기 있다고
생각한다

밤이 되면
다시 흰옷을 챙겨 입고
달을 보면서

이슬과 새의 무게와 그 시적인 순간에 대한 필연적 관계 설명

물리 이전의 두려움

붉은머리오목눈이가 날아와 앉은
뽕나무 실가지 끝에
이슬 몇개가 달려 있다
그것은, 그렇다! 바로 저것이다!
저 가지는 올해 여기서 저기까지 길어져갔다
놀랍다! 우리가 확인할 수 없는 그것이 위대하다
'그것'이 인류를 지탱한다
가을 구름처럼 아쉬울 게 없는
시야! 새야! 나뭇가지야! 그렇다면
내 몸을 맡겨둔
맨발의 여자여!
지금 거기서, 우리가 모르는 그곳으로 가보자
두려움을
볼 수 있다

핵심의 전율

전율에는
핵심이 없다
이런 젠장!
그 누구도
거기 가
닿지 못했다
다 죽었다

그날의 초록빛

1
구름 그림자가 푸른 소나무 위로 지나가는 것을 보았다
소나무가 제 그림자를 밖으로 데리고 나간다

2
나의 세상에 당신이 있었어요
어제와 오늘에요
내일은, 내일이 오기 전에 오세요
순간에 새가 울었어요
뒤에서요
나는 알아요

3
푸른 기타

"남자는 기타 위로 몸을 숙였다
양털 깎는 신통찮은 남자, 그날은 초록빛이었다

사람들은 말했다 '당신은 푸른 기타를 가지고 있소

당신은 사물을 있는 그대로 연주하지 않는구려'

남자는 대답했다
'사물의 모습은 푸른 기타 위에서 바뀝니다'"*

어디서 보고 일기장에 적어놓았는지, 이 「푸른 기타를 치
는 남자」를 여기로 옮긴다. 이 시의 출처를 몰라서 죄송하
다. 피카소의 그림 「기타 치는 눈먼 노인」과 연관이 있는 시
였다. (순전히 개인적인 소견이지만 나는 파블로 피카소보
다 앙리 마티스가 좋다. 개인적이어서 이 문장은 괄호로 가
두었다. 어디로 돌아다니지 못할 것이다.) 그 그림 밑에 '고
독의 선율'이라는 말이 지금도 내 가슴에 남아, 이따금 내 생
의 어디를 구슬프게 튕겨준다.

4
피카소는 하루 종일 고장 난 기타 소리를 살리지 못했다
고장 난 대로 나는 잤다

* 월리스 스티븐스 「푸른 기타를 치는 남자」.

감정의 존중

눈을
동그랗게 뜨고
손으로
입술을 가리며
그녀가 이렇게 말했어요
어머!
그러면
키스해줘요

사랑이 결국을 사랑하는 이유

내가 좋아하는 여자는
감나무 밑에서 익어가는 감을 보며
감이 익네, 감 하나 따줘, 반말을 하기도 해
새벽하늘처럼 저녁달을 그리워하는 여자
내가 좋아하는 그 여자의 키스는
뒷산 그늘로 물든 단풍잎같이
내 온몸을 물들여
키스하다 눈을 뜨고 나를 볼 때가 있어
사랑으로 가득 차서 까맣게 젖은 눈의 우아한 깊이
그 아득함으로 나를 찾아 헤매 나를 놀라게 해
기쁨과 호기심으로 가득 찬 아랫입술은
나를 혼란에 빠뜨려
나도 몰래 사랑한다는 말이 나올 때가 있어
사실,
모든 희망의 근거지를 지우는 사랑 말고 놀랄 일이 어디
있겠어
사랑의 모든 질문은 사랑과 상관없어
그 여자는 어디서나 나를 기다리고 있어
내가 좋아하는 초가을 강가나 떠나가는 봄날의 서쪽 마을

노을 끝에 있어
　책을 볼 때 얼굴을 잔뜩 찡그리고 볼펜을 빙빙 돌리며
　귀여운 고민에 빠지기도 해
　사랑의 계산이 틀릴 때야
　불만이 쌓일 때는
　입을 다물고 화난 침묵으로 한곳을 오래 응시하기도 해
　액셀을 험하게 우뚝우뚝 밟기도 해 그러면
　내가 무얼 잘못했구나, 나의 잘못을 찾기도 해
　이거 큰일 나겠는데, 겁나기도 해
　지금 어디쯤이야? 하면 응, 금방 가
　조금만 기다려, 하고는 금방 나타나
　그 여자는 늘 새로운 사랑의 태도를 탄생시켜
　까만 옷에 머리를 뒤로 묶을 때가 제일 좋아
　이마는 근사하고 명랑한 기대로 가득 차 있어
　그 이마에서 나는 풍요로운 자유의 장난을 느껴
　나를 다 맡긴 홀가분한 사랑! 신나는 자유!
　뭉게구름 지나가는 수심같이
　깊은 얼굴이 되기도 하는 그 여자는
　사랑의 구체적이고 세세한 국면들의 결국을

결론적으로 이해하는 여자야
그게 내 사랑의 결국이야

내 시로 삼고 싶은 남의 시

김수영의 「책」이라는 시를 아내도 나도 딸도 읽었다 그 시에는 이런 구절이 있다 "첫 장을 넘기면 눈이 내리곤 하지요" 나는 창문을 열었다

봄바람이다 멀리 개구리가 운다 김수영 시인이 "모서리가 나들나들 닳"도록 읽은 이 시집이 누구의 시집인지, 내가지금 직접 물어보러 가야 되겠다고 했다 아내는 그분이 어디 있는지 아냐고 물었다 내가 그의 시집을 본 적이 있다고답했다 딸이 같이 가자고 했다

이 김수영은 이 김수영일까 그 김수영일까 그게 무슨 상관이냐고 누가 말했다 두 김수영은 다 이 김수영이다 그리고 착각은 늘 유분수를 찾는 과정에서 일어나는 혼돈이라했다

우리는 지금 일주일째 눈을 뜨면, 창밖 봄을 보기 전에 '이 시'를 읽고 있다 식구 셋이 모이면 이 시 이야기를 한다어디 다시 한번 읽어보자며, 돌아가며 새로 읽는다 새로 읽은 다음 또 다시 한번 더 읽고, 모든 얼굴들이 사라진다 나는

빼앗기지 않고 훼손되지 않을 견고한 시의 아름다운 나라를
품게 되고

　그때, 그러니까 처음 이 시를 읽을 때는 앞산에 산벚꽃이
절정을 향해 고개를 넘던 밤이었다 달빛을 받은 꽃잎들이
'구슬'처럼 어둠 속으로 떨어져 굴러갔다 나는 창문을 열었
고, 꽃잎 구르는 소리가 공중에서 반짝였고, 귀가 그것을 알
아챘고, 눈이 그것을 확인했고, 내 맨발을 자꾸 내려다보았
다 내 발은 봄밤처럼 의아하게 난잡했다

　이불 밖으로 나간 두 발을 하얀 봄눈이 데려다가 감추어
주던, 춥고 달콤하게 시린 봄밤이
　내 생애에 있었다

　나도 이제 어디에다가 하지 않은 말을 간직하게 되었다

시적인 순간에서 사적인 순간으로

안개네
서리도 왔어
나는 아침 물소리로
내내 침착하고
강 건너 밤나무 숲에도
구애하지 않았어
오늘은 나무들이 너를 데리고
강을 건너와도
마중하지 않을래
어제보다 내 수염은
도도(滔滔)하게 길었고
모든 자세를 반듯하게, 눈은 똑바로
시가 왔어! 시를 썼어
"새들은 강 건너에 아부하지 않는다
날아간다
산을 조금 점잖게
오래 바라볼 생각 중이야
나는 사랑의 우울에서 벗어났다"
날아가던 새들이 모두 의아하게 나를 내려다보는 날, 오

늘은

　연애에도 미련 없어

　어디에도 상관 짓지 않고

　경쟁적으로 용감하고

　바람처럼 씩씩하고

　적극적으로 희망차게 걸을 거야

　냉담하게 나 혼자야

　나는 내 세상을 제압했어

　처음으로 온화를 느꼈어

　그리고 혼자 웃었어

　착각이 아니야, 시가 가소로워졌어

　지금은 그래

　독립은 세계와의 기나긴 투쟁과 화해야

　나는 고립의 긴장을 평화로 옮길 적기(適期)를 배웠어

　파국이 투정이 될까봐 투쟁하기 싫어

　나는 알아 올챙이가 개구리가 되어 네 다리로

　힘차게 뛰어오르던, 그리하여

　그 회기점의 절정을 넘지 못하는,

　잠깐

멈춘,

임계점의 설정을 잃은

그 무중력의 허공,

무게를 찾는 꼭짓점의 수분(水分) 없는 희망과 공포

그 혼돈,

낙하의 순간이 다가오는 시적 결정의 찰나를 버리며

사적으로 바꾸는, 필요는 이해관계야

이해에는 불쾌한 잉여가 있어

그 식어버린 사랑의 기약을 어디다 써?

따지고 보면 아무것도 없는

사막에 묻어놓은 약속이었어

온전하기 싫어

온존은 질색이야

나는 나를 죽이는 관료적인 인격을 쌓기 싫어

해탈하지 않을 거야

나의 정치는

인간의 나라에서

나가고 싶어

이러다가 나도 불필요한 인간으로

지구에서, 죽이면서 죽을 것 같아
정말로
나의
시는
날마다 이렇게 시를 이기지 못한
난투극이야
나는 인간 혁명이 사라질 것 같은
공허한 인문과 '87 체제 문법'의 그 지루한 서정이
싫어졌어

정해진 얼굴은 없어요

잘 잤나요
당신의 얼굴을 두 손으로 감싸요
떨어지지 않고 건너가고 싶어요
아슬아슬한 사랑을 발뒤꿈치로 받을게요
그래요 웃을 때 건너오세요
눈웃음이 순서 없이 자지러져요
얼른 잡을게요 두 손으로 가둘게요
이슬을요 물소리 위에
다리를 놓아드릴게요
건너오세요 안개를 헤치며
내 눈으로요 이슬로
나는 눈을 깜박하지 않을
자신이 있어요
지금요

여보! 이이가 아침 식사 전이라 하네

1

개미가 목발을 짚고
우리 집을 찾아왔다
내가 여기 오려고 걸어온 것이 아닌데
집을 잘못 찾아왔어요
이 어찌 된 일입니까?
다리 하나가 길어지다 말았다니요

2

노란 햇살이 마을에 가득 찼다
바람이 나뭇가지를 흔들고 지나간다
나뭇잎들이 빛을 흘린다
나는 아인슈타인의 상대성원리를 읽고 있다

3

펼칠 땐 전면이 검고
접을 땐 전면이 흰 날개를 가진 나비가
마루에 앉아 날개를 폈다 접었다, 흰색 검은색, 검은색 흰
색, 한다

밤낮의 바람이 저기서 왔구나
새가 날아간다
벌레들이 날아간다
피라미들이 흐르는 강물 속에서
하얀 배를 뒤집는다
아이들이 구름 위에서
나를 향해 손나팔 고함을 지른다
"선생님! 선생님! 학교 가요오?"

　　　4
개미의 목발을 받으며
마루 끝에 천천히 앉힌다
어디서 어디로 가는 길이오?
여기가 끝입니다
식사는 하셨습니까?
잠깐 앉아 계시지요
여보! 이이가 아직
아침 식사 전이라 하네
아, 네에,

지금 샐러드를 만드는 중이에요

5
배고픈
달이 내려왔다

별이 사라지는 순서

날아가는 새를 보아요
떠나가나요
멀어지면 따라가며 그리워요
무엇인가 잊히고 지워져요 사라져요 버려져요
나중에는 잃어요
슬퍼요 다음 말이 오지 않은 외로움,
말의 빈자리에서 별이 뜬다지요
그려지지 않은 침묵의 얼굴 모양
빈자리가 넓어져요
말이
삼켜지고
생략되고
소화되지 않은
혼자가 되어가요
하지 않은 말들이 늘어갑니다
잘 간수할게요
그 말은 살다 죽을 거래요
흐려져요
흐려져서

눈을 비벼요
어떤 것은 점점 희미하게 지워져서
너무 깜깜해서 놀라고
어떤 것은 점점 또렷해지며
확인된 실체가 되어
경악해요
그렇게들 이 별이
엉뚱한 저 별로 멀어져가요
하루 종일
지치지 않고 끝까지
절망했어요

취소된 배고픔

눈이 오네요, 천천히
눈 위에 눈이 오네요
눈이 곱게 오고 있네
누가 내 말끝을 잇길래 돌아보았어요
가만히, 눈이 거기 오네요

눈 위에
내리는 눈이
온몸을
조심하네요

눈이
휘어진 풀잎 등허리 위에
가만히 내려앉았어요
내가 무거운가요?
내 등을 밀어주세요

산새들이 마을로 내려왔어요

빈 집터
새가 앵두나무 가지를 잡고 올라가다 시들어버린
환삼덩굴에 매달려
환삼덩굴 단단한 씨를 따 입에 물고

배고픈 눈으로
나를 보네요

"괜찮아, 어서 먹어"

작은 새들의 까만 눈
새들은 한쪽 눈만 감고 잔대요
금 가고 부서진 부리에 물린 작은 풀씨를 보았어요
애잔한, 변치 않을 내 심사입니다

내리는 눈발 속에
새들의 아침밥을 생각하며
밥을 먹고
모자를 쓰고

강가로 나가
눈을 맞으며
걸었어요

나는
멀리 걸었네

오리나무 열매만 한 박새가
눈 쌓인 오리나무 보라색 열매 곁에
앉아 울고 있네요
검은색 바탕 얼굴 양 볼에
흰 밥티 모양이
그려졌어요
배고플 때 떼어 먹겠지요
눈이 오네요

눈 속에 묻힌
작은 발이
보이네

철사같이 가느다란 발목에
발가락 네개가 작은 실가지를
휘감고 있네

발톱이 눈에 씻겨 깨끗해요

어디만큼 갔을 때
눈 쌓인 산이 적적하네요,라고
누가 없어서 말 못했어요

그때, 작고 검은 새를 보았어요
가시덤불 속 눈을 털며
마른 낙엽 그림자처럼 날아갔어요

눈을 맞으며
찍힌 내 발자국을 뒤돌아보며
걷고, 걷고, 걷고, 쉬지 않고
한정없이 걸었어요

나는 때로 결정을 잃고 걸어요

어디만큼 눈이 그칠 때
너무 고적하여 그곳에
무섭게 서 있다가 돌아서서
집으로 걸었어요

배고픈 내 발자국 속으로
눈이 내려요

마을 앞에
서서
앞산을 짧게 바라보았어요

강물이 얼어요

나는
이제
이웃집

마루 난간에
앉아 있는
흰 눈송이를
보러 가야 해요
마당을 지나
우북한 풀들 위에 쌓인 눈을 털며
방문 앞
오래된 먼지들에게
헛기침을 해야 해요

"자네 왔는가
조반은 했는가

어서 오소

눈이 언제 왔당가
우리는 몰랐네"

다시 오기 시작한

눈발 사이로
빈방에서 밥 먹는
슬픈 소리가 들려오네

내리는 눈이
발을 묻네

나는
마당에
서서

어두운 방에는
흰 눈이 펄펄

펄펄

제 2 부

파동이 사는 강기슭

시의 시

나무야, 나무야
동구 밖에 서서 대추나무 꼭대기야
누가 이 빛나는 서정의 강가로 나를 데려다놓고

달을 주고
서러워라!
시도 주었는가

봄이
산이 간다
초록의 옷 한벌을 어디다가 숨겨둘까,
이것은 내 여자를 위한 고민이다

시인에게는 시를 따라 죽을
어여쁜 여자가 산다

고졸(古拙)한 경제행위

마을회관에서 점심을 먹었다
내가 마을에 들고 나는 흔적이 없을 때까지
나는 마을을 걷고, 걷고, 걷고 또 걸어 회관 문턱을 넘어
마을 공동 밥상 앞에 앉았다
공부는 떠나는 것이 아니라 돌아오는 것이어서
내 모든 공부가, 아는 것이, 지식이
마을에서 소용없어지고,
나는 그렇게
마을이 공인한 마을의 일원이 되었다
시중의 낡은 구두와 옷을 벗은 지 오래,
이제 나는 누구를 탓하거나 원망하지 않게 되었다
밥을 먹고 회관을 나와 앞산을 보고 서 있다
어떤 이와 앞산 뒷산 오래된 나무처럼 마주 보고 의미 있
게 웃으며
홀가분한 얼굴을 주고받았다
그리하여 외로움이 삭정이가 되어가고
부러움을 덜어낸 청빈의 하늘이 되어간다
산이 저렇게 좋다 처음이다
처음이다 산이 저렇게 좋아한다

앞산에 푸른 소나무 몇그루,

참나무 팽나무 밤나무 때죽나무 너도밤나무 숲 밑에

옛사람들이 해 든 얼굴로

흰옷을 입고 마른 낙엽 위에 앉아 쉰다

낙엽 밟는 부스럭 소리가 스스럼없이 강을 건너온다

용서와 인용(認容)이 끝난 겨울 산의 용모가 단정하여

나무들이 나무로 서서 반듯하게 이웃으로 고마워한다

이곳이 그곳이다

물소리는 바람 불 때 양손으로 털었다

내가 낱낱이 공개된 마을

마을에서 살아남으면 어디 가서도 살아남는다

나는 비밀을 간직한 삶의 혼신을 버린다

집에 있는 겨울날에는

마을회관에서 마을 사람들과 공동으로 점심을 먹는다

나는 손에 든 은색 스테인리스 수저를 유심히 들여다보았던

그 어떤 날의 식사 시간을 유난히 기억한다

오래된 마을의 공동 수저는 밥으로 닳아져간다

지금도 마을 어머니들은 들판에서 못밥 먹을 때처럼

한쪽 무릎을 세우고 둥그렇게 모여 앉아

밥상 없이 신문지 위에서 밥을 먹을 때가 있다

그래야 머리를 맞대고 둘러앉아 여럿이 밥을 먹을 수 있
단다

수저를 거꾸로 잡은 손을 뻗어 멀리 있는 김치를 엄지와
검지로

몸을 구부려 집어 온다

몸을 구부릴 때 어머니들의 복사뼈 굳은살을 보는 날이면

흙 단(壇)같이 단단하고 물렁물렁한 개개인의 삶과 무한
한 역사의 신뢰 앞에

나는 눈물짓는다

슬퍼서가 아니다

하루의 경제적 경영 범위에 따른

몸의 고졸한 움직임들이

그토록 아름답다

사흘 동안

어제는 잠자리들이 감나무 그늘을 실어다가
산그늘 속에 부리는 것을 보았다
오늘은 제비 한 쌍이 마을을 한바퀴 돌고
산 너머로 날아간다
그제는 파랑새가 처음 울었다고 기억해두었다
제비들은 돌아오지 않았고
오늘 나는 새로 나온 내 시집을 받았다
꾀꼬리들이 강을 건너오라고 울어댄다 가지 않겠다
나는 어제 그제 써놓은 시의
길이를 줄이고 지운 자리는 돌아보지 않는다
참새들은 새끼들을 데리고 땅에 내려와 내가 다니는 길에
서 뛰어논다
참새 부부가 집을 지을 때 푸른 자작나무 잎을 따 입에 물고
팽팽한 전깃줄에 앉아 마을 사람들 눈치를 보는 얼굴을
안다
나는 새들의 하루를 재미로 바라본 적이 없다
참새는 걷지 않고 두 발로 통통통 뛴다
어미 참새는 하루에 육백번 이상 먹이를 물어 나른단다
말이 내게 오지 않은 날들이 늘어난다

지금까지 무슨 말로 먹고 자고 사랑하고 이별하며 산
거야?
　다시 오지 않을 내 것들이 희미하게 사라져간다
　무엇인가, 내 어딘가가 개운하고 가뿐해진다
　어디까지 걸어가고 싶다
　시를 안 써도 된다
　그 생각이 벌써 사흘이 되었다
　산에서
　새가 운다

바람의 행방

바람은 남쪽으로 불었다
앞집 난로 연기가 연통 끝에서 풀풀풀 흩어진다
우리 마을에는 까치가 한 쌍 산다
까치가 서쪽으로 문을 내고 드나든다
까치가 서쪽으로 문을 내면 그해 비가 많이 온다고 한다
새들의 집은 도면이 없다
해마다 새 집을 짓는다
까치는 몇년 동안 집을 수리하고 알을 품는다
새끼가 날 줄 알면 집을 버린다
땅이 마른다
땅을 팠다
삽날이 흙 속을 파고드는 실용적인 소리, 오랜만이다
흙 속이 일일이 아름답다
흙 묻은 손, 흙 묻은 삽자루, 흙 묻은 신
맨발로 논밭 흙을 디딘 지 언제인가
직박구리 한 쌍이 고함을 지르며 내 머리 위를 날았다
남쪽으로 부는 바람이 나뭇가지들을 크게 흔들어 겨울 몸
을 깨운다
바람은 소리가 없다 나뭇가지가 소리를 낸다

나무와 바람은 원인과 결과의 제공을 배신하지 않는다
녹슨 삽에 묻은 흙을 털어 바로 세워놓았다
서 있는 삽은 처연하게 아름답고 다음을 모른다
바람은 남쪽으로 불었다
바람의 정면은 코끝이 맵다
마을회관은 잠잠하다
회관 마당 양지쪽에 따뜻한 햇살이 모여 놀고 있다
서리 녹은 지푸라기들은 음지에 누워 마른다
봄까치꽃 부근,
움직이는 참새 머리들이 자세히 보아야 보인다
아! 산은 남몰래 따뜻하다
물오리들이 바람 타며
날아가다가 일제히 날갯날을 세워 바람 속으로 솟구친다
털이 날리고 겨드랑이까지 흰 배가 반짝인다
우리 마을로 오는 꾀꼬리는 지금 어디쯤 날고 있을까
기약이 없으니 쉬어가며 오길 바란다
진달래꽃이 피면 오리들은 북쪽 나라로 간다
오후에 순창으로 병원 갔다
수요일 오후는 휴진이다

쉬지 않은 병원에 갔다 의료원에 가서 엑스레이 찍으란다

진료비는요? 그냥 가란다 그냥은, 무료 맞나? 그냥 가라
고 했으니 맞다

심전도검사도 했다

의사들은 늘 애매한 불안의 뉴앙스를 안겨주고

(뉴앙스가 아니라 뉘앙스겠지?)

애매한 걱정을 단호하게 처방해준다

별 이상은 없어 보인다 그러나 두고 보자

많이 먹지 마세요

급하게 먹지 마세요 스트레스 받지 마시고요

그런데

어떻게 스트레스를 안 받고 살아?

장염인가?

중학생으로 보이는 한 여자애가 화장실 구석에서 책가방
을 끌어안고

온몸을 똘똘 뭉쳐 웅크리고 앉아 무릎 사이에 얼굴을 묻고
벌벌 떨며 소리를 질렀다

턱이 더더덜덜 떨리며 이빨이 따다다다다 소리를 낸다

조금씩, 가까스로 토막 비명을 이어보면

남자 친구가아…… 다다다다른 여어어어자아……

친구한테로오오오오! 가아아아……

버렸다고, 떠듬떠듬

벌, 벌, 벌, 떨며 운다 떠듬 꺽, 떠듬 꺽꺽 운다

나는 이제 어떡해? 나는 이제 어떻게 하냐고? 헤겔처럼 묻고

뭉크처럼 울부짖으면서 절망을

절규한다

그럴 수 있지, 그럴 수 있지, 나이 든 간호사 서너명이

'어떻게'를 에워싸고 '그럴 수 있다'고 지크문트 프로이트와 사이가

'슬프게' 끝난 카를 구스타프 융처럼

헤르만 헤세의 '수레바퀴'를 달랜다

정말 그럴 수 있다 프리드리히 니체라면 이렇게 말했을 것이다

인생에 얼마나 많은 '그럴 수'가 있었고

또

얼마나 많은 그럴 수를 버린 또다른 그럴 수가 운명처럼 기다리고 있을까

이런 수(數)일 때 비참하고 굴욕적인 인생길은 고무줄처럼 한정없이 늘어만 간다
한계는 없다
처방전을 받고 약국에 갔다
약은 소화제였다
속 아픈 깐에는 허망했다 여보! 허탈인가?
의사 말대로 더 두고 보겠다
으슬으슬 날이 저문다
따뜻한 바닐라라테 주세요 테이크아웃이요
신호등에 서 있다가 성당 주차장에 둔 차 타고 집에 오니
해가 단박에 졌다
바람은 일제히 남쪽으로 불고
밥을 먹었다
밥은 이탈리아산 파로 잡곡밥, 천천히 씹어 먹었다
하루 종일 바람은
계속해서 남쪽으로만 불었다
나의 하루는
바람 샐 틈 없었고
단 일분 일초도, 0.001초의 틈도 없이 빽빽하였다

틀림없는 나의 하루! 무슨 일로 하루 종일 바람은 남쪽으로 불고,

참으로 놀랍다

뒤로 묶은 머리

그 여자는 빨래를 갠다고 했다
머리는 뒤로 묶었냐고 물었더니
빨래 속에 묻힌 흰 무릎 파란 핏줄이 보인다고 했다
정갈한 목덜미에
귀밑머리 몇 가닥이
고요히 달라붙어 있다고 내가 말했더니
거기서도 보이냐고 했다
사랑하면, 당신도 평생 보지 못할 귀 뒤쪽
점도 보인다고 말했더니 크게 웃었다
창밖을 내다보니
한여름인데 햇살이
마당에 가득 차 있어서
모든 것이
꼼짝 못한다고 했다

파동 후를 보러 갈까요

혼자 밥 해 먹었어요
내가 원하는 대로 구멍이 숭숭 뚫리고 밥티가 곤두서서
고슬고슬 잘되었어요
혼자 있을 땐 쌀밥을 해 먹어요
김치는 가닥 김치, 크게 입 벌리고 먹었어요
아삭! 소리가 제법 크게 났네요
나중에는 처외갓집 외할머니 말씀이 생각나서
물 말아 많이 먹었어요
비가 오네요
비는 봄비, 날이 오래 궂어요
물까치들도 밥 먹는 시간입니다
시끄러워요
밥을 먹고, 설거지 먼저 할까
커피를 먼저 마실까 하다가
설거지하고 나서 커피를 마시기로 했어요
뒷맛이 개운할 것 같아서요
혼자 먹은 밥이라 설거지는 간단해요
숟가락과 젓가락, 수저 받침 한개
밥 푼 주걱이 답니다

김치 그릇은 뚜껑 닫아 냉장고에 넣고
밥솥에는 밥이 조금 남았고
그게 답니다
아 참, 김치 대가리 자른 가위가 있네요
설거지 끝나갈 무렵 커피포트 스위치를 눌렀어요
설거지 다 하고 봉다리 커피 따서
잔에 부어놓고
이 닦았어요
그리고
커피 마셨습니다
커피가 뜨거워서 창문을 열고
거실 방 화장실 모두 공기를 갈았습니다
물까치들이 식사가 끝났는지
감나무 가지에 몸을 웅크리고 쉬고 있네요
겨울새들은 식사량이 여의치 않아요
새들은 잠을 잘 때 한쪽 뇌만 잠든다고 해요
오른쪽 뇌가 잠들면 왼쪽 뇌가 불침번을 서고
왼쪽 뇌가 잠들면 오른쪽 뇌가 교대로 불침번을 선다네요
그런 걸 보면 먹을거리가 적은

겨울철에는 위를 줄일지도 모른다고 생각했어요

밥 먹을 때 새들이 울면 내 뱃속도 조금은 허기로 비워둡
니다

비가 그쳤네요

오늘은 하늘이 비 올 생각을 접었나봐요

구름이 높아졌어요

창문을 닫았습니다

조용하네요

아주 고요해요

식은 커피잔을 곁에 두고

시를 한편 읽었습니다

루이즈 글릭의

「가을」이라는 시입니다

이런 구절이 있어요

"사색에 바치는

생의 한 부분이

행동에 바치는 부분과

충돌을 일으켰다"

나는 차 몰고 마을에서 떨어진

호수로 가겠습니다

호수에 비친 산을 보려고요

거꾸로 선 나무들을요

물을 가르는

가늘고 긴 목과 분홍 깃이 우아한 뿔논병아리를요

뿔논병아리가 지나갈 때

고인 물이 갈라지는 그 끝부분의 잔물결을 그냥 보려고요

사물들은 모두 서로 충동질하고

충돌한 충격이 물결 위나 공기 속에서 다채로운 파문을

일으켜

파장을 넘어 파도치니까요

그리고

어떤 생각의 파동 후의 감정을 기록하려고요

그만 일어설게요

월차 내고 오는 비처럼, 지금 그리 오실래요?

하루쯤 수염을 안 밀어도 좋아 보인다고 해서

오늘은 수염을 안 밀었어요

이 글이 명랑하다고요?

수염을 한달 안 밀어도 된다고요?

그건 상상이 안 되네요

아하, 알겠어요

내가 볼 파문은 강기슭에 닿기 직전에 잦아져요

파문의 무늬가 파동으로 달려가 폭발 전에 소멸되는 수면의 내 얼굴,

그후를 보려고요

나는 파동의 증폭이 가져올

폭발을 알고 있어요

나는 그 일이 그렇게 좋다

.

남쪽 하늘로 지는
하현달이 있다
조금, 색이 있다
강굽이에서
억새가 바람에 나부낀다
양식이가 산책 가지 않은 날이다
양식이는 일요일 늦잠을 좋아한다
나 혼자 강 길을 걸어 다니다가 왔다

빨래는 서너벌뿐이어서 얼른 널었다
빨래를 널면서 햇살을 눈부셔한다
곱다 바람도 불어 빨래는 잘 마를 것이다
우리 집 빨래는 내가 관리한다
그렇다고 내가 관리(官吏)가 되는 것은 적극 사양한다

갑자기 바람이 세차게 불어서 빨래를 거실로 옮겨 널었다
책을 보다가 잠이 쏟아져서 낮잠을 길게 잤다
잠에서 깨어 고구마 구워 먹고
아침에 주워 삶은 알밤을 까먹었다

점순이 어머니는 올해 이장네 깨가 잘되었다고 했다

깨를 널어놓고 그 위로 발을 끌고 다니며 추상화를 그려
놓았다

가을바람과 가을 햇살이 하는 일을 잘 알고 있는 점순이
어머니는

자연이 하는 말을 곧이곧대로 따른다

깨, 토란대, 토란대 옆에 토란잎, 붉은팥, 노란 콩, 검정콩
들이 널려 있다

하루 종일 널어놓은 붉은팥 가에 앉아

그 많은 팥을 굴려 자기 앞에 깔아놓고 상한 얼굴을 찾아

엄지와 검지로 집어 왼손에 모은다

큰딸이 힘들다고 투덜거리면,

"이렇게 이쁜 것들을 하루 쟁일 보고 있는디, 어찌 힘들다
는 말이 입으로 나오냐?"

붉은팥의 몸에 나 있는 흰 실선이 팥의 눈이다

씨앗들은 몸을 재워두고,

눈은 뜨고 봄을 기다린다

바람이 점점 세진다

바람이 세게 불면 밤나무 가지가 흔들려 밤송이에서 알밤
이 빠질 것이다
6월에 밤꽃이 핀다
나는 알밤이 익어 땅에 떨어지는 9월 하순까지 기다린다
가을을 기다리면 가을이 온다
나는 주로 시를 기다린다

알밤나무 밑에 갔다
건너뛰지 않은 자연의 생산은 아름답고
인간의 수확은 일일이 한알 한알 겸손이다
여기도 있고 저기도, 저쪽에도, 내 발밑에도 있다
밤송이가 알밤을 물고 떨어져 있으면
두 발로 밟아 밤송이를 열어
알밤 두세개를 꺼낸다
외밤이 크고 맛있다

뒤꼍에서 호박순을 땄다
호박도 땄다 호박이 여기도 있고 저기도 있다
여기도 있네 저기도 있네! 이 무슨 일인가 늦복 터졌네!

두 포기를 심었는데 많이도 열린다
잘생긴 얼굴들을 골라 회관에 가져다드렸다
"아니, 그 집은 왜 그렇게 호박이 잘 열린대야,
내년에는 우리 집 호박도 좀 심어줘" 하며 좋아한다
호박전 부쳤으니 먹으러 오라고, 지붕 너머로 나를 부른다

한 가족이 아이들을 데리고 한옥 마당에서 논다
아이들이 마당에서 뛰어노는 곳으로 갔다
아이들에게 크게 허리 숙여 인사하고
쭈그려 앉아
나이를 물었다
여섯살, 네살이다
아이들 엄마가 나더러 후손이세요? 한다
김용택 후손이냐는 말이다
내가 김용택이라고 했다
어머! 어머! 어머!
어떤 사람은 내가 집안일을 하고 있으면
일꾼이세요? 하기도 한다
해 지자 바람이 잘 때가 되었다

어떤 이는 나를 보고 김용택 어딨냐고
나를 보고 나를 찾기도 한다

작년에 이런 글을 썼었다
"내가 너를 사랑하고
시를 사랑하여서
나는 이제 어느 계절이 와도
부러움이 없구나"
이 글은 그때는 맞고 지금은 틀린다
나는 지금 부러운 것이 또 생겼다
틀리고 맞는 그것은 인생이다
그때 그 일이 지금도 맞으면
다른 사랑을 모른다

점순이 어머니는 우리 동네 무지개다리 한쪽 끝
이웃 마을에서 우리 마을로 건너와 산다
나는 그 일이 그렇게 좋다
점순이는 6학년 때 내가 가르쳤다
점순이는 아이들 다 키워놓고 귀향했다

나는 그 일도 그렇게 좋다

산책, 문장, 내 휴지통

봄이 오면 금 가고 깨지고 부서져
손상된 물오리들의 부리에 죽은 물풀이 걸려 나온다
나무들은 낡은 옷으로 갈아입지 않는다
나는 새들의 다음 동작을 알아가고 있다
꽃이 피기를 기다리지 않는다
구경 가지 않는다
꼬리가 사라진 올챙이는 다리 네개로 개구리가 되었다
(아! 꼬리는 어디로 사라지고 다리는 어디서 나오는가?
'이거는 신기한 일이다')
침착한 변신, 완벽한 대칭, 놀라운 균형
상상 이상의 높이로 뛰어올랐다가
내가 생각하지 않은 곳에 착지한다 성공이다 그다음 또
뛴다
간결은 빛의 힘을 결집시킨다
시에 굴복하지 않겠다
산에서 돌들이 울부짖으며
마을로 뛰어 내려왔다
시를 이렇게 쓰면 안 되는데,
시는 확인할 수 없는 인과의 오류를 범하기도 한다

시는 전체(全體)다

나는 고정된 관념의 문법을 두려워한다

삶의 종합적인 표현은 걷는 모습이다

나는 그걸 개성이라고 한다

강으로 나가는 시의 길이 막힌 지 오래되었다

산의 희미한 표정을 걷어냈다

새들은 자세와 태도에서 표정이 나온다

포기는 포기하는 것이다

그것은 운명이 아니고 선택이다

번개 속에서 쫓겨난 사람들이 길을 잃고 시를 쓴다

이 가녀린 인생의 풀밭에서 도대체 누가 누구를 이긴단
말인가

달의 슬픈 얼굴이 드러났다

가난하게 운전하지 말자

자유민주주의 체제는 개인이 할 일과 나라가 할 일을 뒤
섞어놓는다

말문이 막힌 날이면 아버지는 입맛을 다시며

앞산을 오래 바라보는 습관이 있었다

인류의 시작은 강마을이었다

이제, 인류의 질문과 대답이 인류에게 달라질 때가 되었다
인류는 민주주의의 실현을 보지 못할 것이다
강가의 뱁새로 살기로 한 후
나는 간소함을 공부하게 되었다
오래전 일이다
배고픈 봄에는 마른 풀씨를 따러 멧새가
우리 집 현관 화분까지 날아온다
식구들의 문 여닫는 소리와 발소리가 겸손해진다
이슬 달린 나뭇가지에 앉은 새들은 끝까지 울음을 견딘다
견딘 울음이 이슬의 낙하를 돕는다
귀뚜라미들아! 나의 자유를 위해
섬돌 밑에서 울지 마라
어제로 돌아갈 수 없다
생명의 약속은 멸절이다
용서받지 말자
저이들에게 적이 사라지면 무엇하고 싸우며
정신적 물질적 호사를 누릴까
내가 어제 이걸 알았더라면, 오늘이여!
나는 퀴퀴하게 낡은 나의 거울에서 나간다

피가 마른다는 말이 있다
어느 포럼에 갔더니 인쇄물에 나를 이렇게 소개했다
'시인, 일반인'
어떤 시대에 일반인은 호적이 무용지물이었다
나는 거기서 나왔다
내가 거기 있었다는 사실을 그들은 잊을 것이다
그러나 나는 서랍 속 서류철로 보관 관리될 것이다
관료주의는 자본주의의 학교다
허무가 탄생하고 삭풍이 분다
내가 이렇게 아둔한 걸 보면
나의 전생은 없었다
후생도 없을 것이다
이 말이 맞아?
절창은 착오에서 나온다
인류를 향한 나의 어리석은 질문은 여기서 끝낸다

터무니없이 괴이한 이 생각은 내일까지
갈 수 있을까?

비가 오는
오늘은 일요일
정말 희한한
하루다

그 이튿날 아침

내가, 내 약속이
겨우
이거였어?

제 3 부

산모퉁이 양지쪽

산모퉁이 양지쪽

그때
뛰었어야지

무슨 말이든
그래도

그때
말했어야지

함박눈

붉은머리오목눈이가 함박눈을 맞으며 나뭇가지에 앉아
있네
　나뭇가지를 야무지게 감아쥔 발가락 네개의 완벽한 악력,
　누가 저 새의 운명을 감히 말할 것인가

그리고 노란 봄이 또 왔네

꾀꼬리 한마리가 강변으로 날아와 휘늘어진 버드나무 가
지에 앉았네
올해 자란 초록 나뭇가지, 낭창낭창 노란 그네질을 하네
한마리가 산에서 날아와 그 산으로 조용히 데려가네

지금도 희망과 절망이 다정한 이웃인가

상처 입은 날개들은 꽃을 향한 조준이 빗나간다.
거대 자본을 등에 업은 관료 계급의 공략이 나비의 날개였음은
명백한 현실이 되어간다. 자본은 끝이 없는 갈증을 공급하고
만족을 추방한다. 노출을 원하는 풀뿌리들, 개미들이 목발을 짚고
징검다리 앞에 서 있다. 흉가가 된 거미집이 늘어간다.
인간의 두뇌에는 고뇌의 흔적이 남는다.

고요한 햇살 속으로
나비가 날아오네
고요는 고요처럼
의심 없는 절망 속에서 색다른
나비가 되면서

내가 그쪽으로 문을
열어두었어

나비는
다시 흰나비,
노랑나비는
하얀 날개를 여네

아슬아슬했던 분노

풀에 눈이 앉는다
앉으면서 사라진다
마른 풀줄기 더미에 멧새가 날아와 앉는다
마른 풀줄기에는 어금니로 깨물어도
깨물어지지 않는 작은 풀씨 몇개가 달려 있다
새끼손가락 끝마디 절반만 한
멧새의 모래주머니를 본 적이 있다
반짝이는 몇개의 작은 강모래
소화되지 않은 풀씨 두개가 들어 있었다
어린 나는 내리는 눈을 한 손으로 가려주고
울면서 모래주머니를 닫아주었다
봄은 먼저 와 있다
풀에 눈이 앉는다
새는
쏟아지는 눈송이들 사이로
날아갔다

내 손등을 스치고 지나가는 이 시크한 가을바람

이 바람이 지금 가을바람 맞지요?
지난봄에는 이 바람이 봄바람 맞지요?라고 편지를 썼는데
기억하세요? 잊었어도 괜찮아요
가을 하늘가에 흰 구름, 가만히 눈을 감아봅니다
가만히 눈 감으면 좋아요 내가 아는 세상을 조용하게 지
우는 것 같아요
지우고 새로 나타나는 색은 늦가을 블루가 좋아요
가을꽃은 지는 해로 찬란하고요
봄꽃은 아침 햇살로 영롱하고요
물봉선화꽃이 도랑가에 졸졸졸, 어머! 어머! 잔잔한 비명
으로 피어요
물봉선화는 동물의 무릎뼈 같은 마디들을 가지고 있지만
뼈가 없는 몸이라 넘어지면 일어서지 못하고
죽으면 바로 물이 삶의 흔적이 되어 말라버립니다
명랑하게 팔짱을 끼고 걸음을 아껴가며 걸을까요
발밑 땅을 보며 즐겁게 웃으며 잔자갈들을 발로 차며
걸을까요
손길이 스쳐가기 전에 당신의 손을 잡아
당신에게 내 마음을 영화같이 공개할게요

손이 따뜻하면 마음도 따뜻하다는 말을 당신은 두고 써요

그 말을 어디다가 숨겨두나요 거기 가서 내 손으로 확인해보고 싶어요

손이 마음이지요 손의 감정은 사랑의 온도 변화 속도와 손잡는 횟수의 비례를 속일 수 없어요

문득, 사랑이

책임과 의무가 아니라는 것을 깨닫게도 하지요

작은 시냇물을 즐겁게 건너볼까요 산이 아름답지요 우리가 풍경이 되어

다음 문장을 기다리는 시 한 줄같이 도란도란

자갈들이 목마르대요

가을 강을 건너가 돌아보며 웃는 이 시적인 순간에

무슨 말인가 사사로이 드릴 말이 더 있을 것 같은데,

가을이 아름다운 것은 공허한 하늘 때문인가요?

생각나면 집에 가서 용감하게

가을엔 편지를 쓸게요 무슨 말인지 알고 있다고요?

정말!

그래도, 그럴래요 근데 뭘요? 그러게요

그러게요는 가을이 가면서 저 혼자 구시렁거리는

뒷담화입니다

시를 읽는 시간

네루다를 읽는다
네루다는 나무 꼭대기에 앉아
꾀꼬리처럼 울면서 숲속의 노란 여인을 불러냈다
그는 바닷가에 집을 짓고
바람 부는 날이면 구름 속으로 달을 밀어 넣었다
달이 없는 날은 어쩔 것인가?
그의 호방은 드러내놓고 세기적(世紀的)이다
외로움에 시달려라 희망이 보일 것이다 그러나
질서의 균열은 예상치 않은 곳에서 시작되어
간격을 넓혀간다
그 틈에서 찾은 내장은 예전과 다른 물질일 것이다
그때나 지금이나 시의 뜻대로 된 것은 없다
우리는 이미 우리가 알지 못하는 세계에 진입했다
피 흘리는 전쟁은 끝났다 전쟁을 시켜놓고
오른발 왼발 까닥거리며 유튜브나 검색할 것인가
오동나무 꽃 한 송이를 한입에 삼키는 직박구리를 보았다
연보라 꽃송이를 따 입에 물고 그가 나를 볼 때 나도 그를
보았다
직박구리 목줄이 붉거지던 그 봄날, 나의 핏줄들은 자꾸

생수를 찾았다

　아아! 오동나무 잎에 떨어지는 밤비 다투는 소낙비 소리!
저 교란에 내 꿈은 악몽이다

　나를 달처럼 둥글게 안아다오

　노곤한 잠을 다오

　내가 잠들 때

　나를 가져다가 세상의 바깥에 버려다오

　나 홀로 이 밤의

　원인 없는 결과, 그 어딘가에 쓸쓸하고 고독하게 서 있도록

　지구는 이미 낡았고 나는 버려졌다

　알고 보니,

　세상에 빌어먹는 시가 있었네!

　나의 내장에는 비장의 무기가 없다

이슬의 여인

1

5월은, 산이다

꾀꼬리가 울음을 그치고, 난다

꾀꼬리는 울며 날지 않는다는 것을 지금과 꾀꼬리에 대한 다른 기억을 되살려 확인했다

샛노란 등에 초록을 흰색으로 버무린 것 같은 연두색 날개 줄무늬가

가지런히 고운 꾀꼬리는 알을 네개 정도 낳는다

진초록, 진초록, 진진초록으로 오! 초록빛 '이슬의 여인'은 날아오른다

흰쌀로 뜬

아침 별들의

배고픈 흰 무게로 백해가 무해하다

2

말이 말의 이웃을 찾아간다

새로운 삶에서 다시 새로운 삶으로 이주할 때, 봄에서 봄

으로 새가 떠나갈 그때, 그려지는 그것은 허공을 딛고 나는 비상의 기술, 동남아에서 돌아온 꾀꼬리

　봄의 전략적 진척을 본다 나는 때로 인류가 사용해온 공동 용어의 동원령을 내려 그 소용돌이 속에서 내 사용처에 해당하는 말을 골라 적재적소를 찾는다 그것은 봄비 맞은 나무처럼 순간순간이 순간의 과거가 된다 말들은 오랫동안 수없이 많은 일들을 겪으며 여기까지 왔다 서사는 버려졌고 버려진 말은 없다 시 다음, 봄비 다음, 저 숲속 바람 소리, 음(音)과 색(色)의 도입 부분의 터질 듯한 침묵, 그 침묵의 긴장, 강 건너에서 꾀꼬리가 드높은 소리로 울울창창 운다 진초록, 진초록, 진진초록이 진저리를 친다 진초록의 살이 떨린다 기절초풍!

　숲이 숨넘어간다 그러니까 고백의 절경이다

　3
　꾀꼬리 한마리가 앞산으로 날아가다 강물 위 허공에 머물러 발발발 발발발발 아양을 떤다 저런, 저런, 저! 저! 저!

　세상에나! 강물을 흔드는 저 날갯짓 좀 봐, 저 몸짓 좀 봐!

진초록에 숨은 초승달이 옷깃을 여미며 꾀꼬리로 둔갑하여 산을 넘어간다

마을 사람들은 봄이 되면 물까치가 꾀꼬리로 노랗게 둔갑하여 진분홍 입술로 울다가 가을이면 검은 눈 물까치로 둔갑한다고, 그리고 이렇게 시를 쓴다 "소쩍새가 울면 진달래꽃이 피고 땅속에 있는 뱀이 눈을 뜬단다 꾀꼬리 울음소리 듣고 참깨가 나고 보리타작하는 도리깨 소리 듣고 토란이 난단다"

색이 녹는다
흘러
저 어디로
흘러
도색한다

색은
내색을 받지 않는다

4

비 새는 나무 아래
나는 서 있어요

이리 와요

나를 기다린
당신은 누구신가요

시인!

세상에나!

시를 써요?

그런 일이
세상에 있나요?

5

꾀꼬리가 날아온다 마을로, 강 건너에서 다시 강 건너로,
강 건너 말을 물고 강 건너 말을 만나러 왔다 그리하여 그와
같이 남쪽 산으로 날아간다 샛노란 감정의 공감은 산의 이
해다 홀린 연애에는 작전과 작정이 없다

사랑을 찾아갈 때 가난하게 걷지 말자
그래서, 그것은 건드릴 수 없는 위엄이다

전깃줄에 앉은 딱새 입술에
내게 줄 것 같은
이슬방울이 물려 있다

오!
이별을 통보받은 푸른 생물들의 분노 같다

0

나는 요새 지식을 가져올 수 없는 알렉산드리아도서관에
다닌다

점심은 굶는다

'이슬의 여인'은 해 뜨기 직전, 이집트 사막 나일강가에
나가 나기브 마푸즈 소설에서 받아 왔다

도중(途中)

민달팽이에게 도달은 의미가 없다

제 4 부

이 신비로운 약속들

바람 위에 누운 나비

나비는
바람 위에 누워 흘러가네

날개 위에 날개를 덮고
모로 누워

날개는
그곳을 상상하지 않으면서

허무도 삶의 질투도
모르면서

왜인지는 모르겠지만

거기는 바람이 부나요
어디를 지나가고 있나요
해는 어느 쪽에 있고
어디를 바라보고 있나요
우리가 쉬던 나무 그늘의 비밀은
지워지지 않았던가요
혹 바다가 보이나요
머릿결은 어느 쪽으로 날리나요
고개는 떨구지 마세요
그러면 내가 눈물이 날 것 같아요
왜인지는 모르겠지만
지금이 그래요

이 일은 없었던 걸로 하지요

다리가 넘쳐 못 가나요?
아니요, 그 정도는 아니에요
맨발이고요 물이 발목을 잡고 흘러가요
치마를 양손으로 살짝 들어 올렸어요?
발목 위로요
작은 피라미들이
다리를 넘어온 물을 헤치며 다리를 넘어가요
서서 내려다봐요 귀엽겠네요
아니요, 어린 몸이 필사적이지요
세찬 물살을 폴짝폴짝 뛰어넘는 물고기들도 있어요
허공에서 파들거리는 작은 몸들이 바람을 만나고 가요
다리 넘어 순한 물을 만나면
흰 배를 반짝 보여주고 사라져요
생각만 해도 간지럽네요
아니요, 내 살은 닿지 않았어요
강 건너에는 누가 사나요?
마을이 없어요
억새꽃이 지금 피고 있어요
억새는 아직 바람을 못 잡아요

그래서 산그늘을 잡고 마을로 건너오나요?
아니요,
바람에 손을 말리고
살짝, 치맛자락을 놓았어요

조용하게, 강으로, 그러다 흐르라

때로는 먼 산의 나무들처럼 하루를 서 있으라.

풀벌레들처럼 구체적인 노래를 배우라.

마른 구름과 햇살을 명랑하게 데리고 다니며 마을회관 마당에 흰 외눈을 가진 붉은팥을 잘 말려드리라. 해가 지면 실낱같은 풀잎에 이는 바람을 타일러 머리를 편히 누일 저녁을 따르라. 오! 세상의 고단을 내려놓은 저 편안한 저녁의 약속들!

원망을 모르는 새들의 표정을 섣불리 판단하지 말라. 시간을 보채는 봄비 소리와 인생을 두런거리는 가을비 소리에 귀를 기울여 남이 하는 말을 잘 듣고 옳으면 그대로 하라. 남들이 부러워하는 삶이 아니라 존중받는 삶을 살기를 바란다. 너와 나의 말이 배부른 소리인지 살피라. 판단을 가난하게 하지 말라. 그것이 편안이다.

인간의 마을을 오염시키는 말은 삼가라. 마을 사람들이 한해 동안 이룬 수고를 존중하고 그이들의 옛일을 그리워하라. 가난하다고 잘못 산 것은 아니다. 잘 살아서 잘못을 저지른 일이 더 많다. 공부도 그와 같다. 풀잎 끝의 이슬같이 돈도 모아두어야 한다. 살다가 보면 목마를 때가 생긴다. 현실을 인정해야 한다. 가난과 부를 인류의 적으로 돌리지 말라.

고결한 판결문같이 인간을 향한 말을 고르는 고뇌와 오랜 숙고의 인내, 그 의로운 해석과 결정, 토씨 하나를 빼거나 더하면 생사람이 다치는, 그 이후의 책임을 묻는다. 본래 정의는 시였다. 홀로 걷는 산책길을 개척해두라. 간추린 저녁 이슬을 볼 것이다.

마을 뒷산을 내려오는 산그늘을 따르다 마을 어른의 그림자가 강가에 머무는 것을 본 적이 있다. 옛 마을 사람들은 다 그렇게 강을 건너지 않고 강가에 머물러 스스로 산그늘 덮은 바위가 되어 있다가 강물에 잠기지 않을 높이와 크기, 넓이에 맞게 자기 자리를 찾아 징검다리 징검돌이 되었다는 이야기를 들었다.

할머니 굽은 등이 보이던 시골집 마당 돌담가에 오래 서 있기를, 어느 계절이 와도 두려움을 모르는 강물을 보라. 네가 좋아하던 작은 도시의 일출과 일몰, 가을 한낮 콩밭의 소란, 어디로 들어왔는지 방 안을 뛰어다니는 청개구리가 있을 것이다. 조용히 밖으로 보내주라. 그러한 일상이 네 것이 되기를!

우리 집 방에 누워서도 달이 보인다. 늘 보았던 달이 가는 옛길을 따라가보고, 생전 보지 못했던 하늘과 구름의 변화를 보며 문득 놀라 서서 기뻐하고, 그것들을 마음속으로 불러들여 나뭇가지에 걸린 노을을 숭상하는 시인의 마을에 이르기를, 그리하여 어제 한 말을 오늘 수정하는 순리를 따르며 하늘 높이 날아오르는 새들의 출구를 사랑하라. 쪼들리면 찌든다. 구차함보다 눈물이 낫다.

아무리 자잘한 돌들이라도 부딪치고 깨지고 긁힌 자국들이 달빛 그늘을 가지고 드러난다. 온전함을 바라지 말라. 뒹구는 돌들과 태어나 죽을 때까지 자리를 비우지 않고 사는 나무들, 시는 아문 상흔들을 경배한다. 나는 강변 자갈밭을 걸으며 때로 돌들의 아픈 신음과 낯내지 않는 돌들의 담담한 긍정의 얼굴을 읽는다. 겨울이면 산짐승들 발자국이 얼어붙은 강을 건너다닌다. 살얼음이 녹을 때는 새들의 발자국 잔영이 오래 남는다.

나는 고향을 사랑하지 않았다. 우리가 사는 이 세상을 사랑한다. 내가 사는 곳이 나는 좋다. 그 세상 속에 네가 있다. 허구를 두려워하라. 인류가 사랑해왔던 세상보다 더 많은 세상을 너는 사랑하라. 세상을 향한 사랑만이 흥망성쇠를 모른다. 여한이 없는 삶이 어디 있을까. 그래도 여한이 없는 사랑은 있다. 그 사랑은 끝을 모른다. 무슨 일이 있어도 되살아나 자신을 지배한다. 네가 그럴 사람이라고 우리는 믿어 왔다. 눈 내리고 쌓이는 집으로 걸어 들어오는 너의 약속을 우리가 아니까.

　어디를 흐르다 너는 바람으로 이 마을에 들렀느냐.
　남지도 모자라지도 않을 하루치의 햇빛과 달빛 아래 앞산 뒷산으로 마을을 오가던 산과 산 사이에서 살아가는 나무 그림자처럼 사람들 속에서 조용하게, 강으로, 그러다 흐르라.

이마가 쉬는 곳

가을에는 손잡고 마을로 가겠어요
저기가 내가 사는 마을입니다
어머니와 아버지가 나를
달이 나오는 강가에 세워주었어요
흘러가는 강물과 저 산을 보아요
이 평화의 땅을요
구름은 구실 없이 흘러가고
콩은 어두운 방 안에서
잘 익고 있어요
고개 숙인 둘째 셋째 넷째 아우와 나란히 걸을까요
산 밑에 보이는 저 집이
우리 집입니다
누이들이 먼저 집에 들어 마루로 오르네요
집 지은 나무는 산에서 베어 나르고
주춧돌은 아버지가 강가에서 지게로 져 날랐어요
아버지의 허리와
어깨의 오래 묵은 검푸른 멍은 여실했어요
한 발을 마루에 딛고 뒤돌아
흐르는 강과 산을 봅니다

앉아서 잠깐, 앞산 보리밭에 불었던 바람을 기억해볼게요
어머니의 이마를 ス난 바람이 앉아 쉬는 곳을 나는 압니다
아버지의 지게 밑에는 근심이 짐 그늘로 쉬고 있었지요
아버지는 보리를 베면서도 말이 없었어요
강을 건너온 달빛이
방 안까지 찾아와 내 얼굴을 가져갑니다
마을 초입으로 사람들이
벌써 이렇게 마중을 나오셨네요
두루두루 손을 잡고 얼굴을 확인하며
우리 이웃들이 모여 눈물 바람입니다
어머니 아버지, 손을 잡으세요
뒷산 나무들이 뭐라 해도 손을 놓지 마세요
사랑하는 나의 어머니, 사랑하는 나의 아버지
오랫동안 제 잘못을 빌
어머니는 이제, 집에 안 계십니다

푸른 강

고요한 앞산이 나를 고요하게, 좋았다

애착과 허무 앞에 나를 세워둔다 가감 없는 답을 골라 괴로워한다

포기와 수긍이 앞산에 배어든다 편견 없는 굴종의 아름다움을 묻는다

슬픈 물결이 일어 내 뒷모습을 적신다 돌아보지 않고 따뜻하다고 고마워한다

나는 고개 들 수 없는 하루하루를 안다

산 밑에는 푸른 강이 있다

이 순정 다할 때까지

나는 이렇게 여기 서서
이렇게 사랑을 기다리고
이렇게 여기 서서
당신의 사랑으로 하얗게 나이 들어가고
그것이 시였다가 당신의 얼굴이었다가 슬픔이었다가
우리가 사는 이 세상의 눈물이었다가
생명들의 허무한 약속을 달래가며 당신이
고향 마을 텃밭에 상추씨를 묻다 문득 일어서서
새들이 서쪽 하늘 저 멀리 사라질 때까지 나는
서 있다가
서쪽 달 아래 엎드려
오지 않은 노을로 사랑의 시를 쓰고
당신을 사랑하고
사랑을 기다리고
슬픔을 기다리고
당신을 기다리고
동쪽 달을 기다리다
서쪽 달이 지면
당신의 손을 잡고

노을 아래
시가 사는
마을에서
살을 섞고
마음을 섞어
서로의 품속으로
깜박 사라질 때까지
나는 여기 이렇게
서성이며 나이 들어가고
별을
달을
강을
등에 지고
구름처럼 떠서 당신의 사랑을 기다리고
이렇게 마을 밖으로 나와
서서
새가 울고
당신이 마을 길로 고개 숙여 걸어 들어올 때
그리고 또 우연으로 강물을 뒤돌아보며

물결들이 다정할 때
그때도 나는 여기 서서
당신의 사랑을 기다리고
아름다운 서산 노을 나뭇가지들로 시를 쓰며
당신의 사랑으로 하얗게
나이 들어가고
이렇게
강가에 나와 서서
당신이 오는 시를
계절이 가는 시를
기다리고
당신을
시를
기다리고

생명들의 약속

집을 나갔지요
마을에는 시인이 살아요
아침노을이 사그라지네요
화단에
해당화
해당화 옆에 연분홍 사포나리아
마을 뒷산에서
꾀꼬리가 울었어요
뒤돌아보았지요
파랑새가 보였어요
상추가 자랐어요
방울토마토 노란 꽃이 피었어요
할미새가 날아와서 전깃줄에 앉았어요
참새와 물까치가
같은 줄에 동시에 내려앉다가
화들짝! 출렁이는 얼굴을 마주 보다
부랴부랴 날아가네요
강가로 갔어요
강을 건널 거거든요

할미새가 시멘트 다리에 앉더니
나를 안내하듯
앞서 종 종종 종 종종 씩씩하고 희망차게 걷네요
신병 훈련을 마친 용감무쌍한 병사같이 귀여워요
강을 건너갔지요
어제 보았던 작고 노란 달팽이를 보려고요
다리를 건너자마자
하얀 달팽이가 보였어요
달팽이는 아주 작아요
휘어진 풀잎을 꺾지 못할 것 같아요
아니, 그 옆에도 한마리가
더 있네요 색이 달라요
어제는 없었거든요 왜 나왔지?
집에 무슨 일 생겼니?
이 아이가 저 아이를 데리고 왔나봐요
이슬들이 풀잎 끝에 달려 있어요
떨어지지 않으려고 서로 입술을 앙다물고 있네요
또 꾀꼬리가 우네요
그곳을 보았어요

보이지 않아요

보이지 않아도 괜찮아요

노란색이 변하지 않을 거거든요

어, 어, 저 소리는?

우와!

호반새가 왔어요

호로로롱 호로로롱

두번 우네요

세번째를 기다렸어요

아침노을이 남쪽으로 사그라졌어요

어느 쪽이든 의미가 없어요

낮달이 어제보다

늦게 마을에 도착한다는 것을

나는 알아요 어제 자리를 나뭇가지로 표시해두었거든요

아기 새들이 벌레를 물고 오는 어미 새를

부르는 소리를 나는 알아요

노란 주둥이로 일제히 지저귀는 소리들을요

앞다투는 그 귀여운 입속의 갈망을요

마른풀과 새 풀로 지은 작고 동그란 둥지에서요

새들이 새털과 비닐 조각과 풀잎을 물고 날아들던
은밀한 숲속을 나는 보았거든요
그것은 지구의 구체적인 소임이지요
오늘은 마을에 누가 온다고 그랬어요
아름답게 평소처럼 기다릴게요
지구처럼 자전하고 공전하면서
낮달을 같이 볼 사람이 있거든요
그이는 멀리 살아요
아침 햇살이 뒷산 꼭대기에 갔네요
비둘기들이 딸기나 오디를 따 먹지 않고
텃밭에 내려와 비닐 구멍 사이로
참깨씨를 파 먹으며
농부 할머니들에게 하루 종일 욕을 얻어먹어요
애들아, 산에는 산딸기가 익고 텃밭에는 오디가 익더라
그리 가보렴
욕은 배부르지 않아요 그래서 정치적으로 막무가내예요
물질문명의 허점을 교묘하게 악용하는
버릇없는 새들에게 농부들은 성질이 났어요
욕과 콩을 같이 먹은 새들은 콩밭 위 전깃줄에

한가하게 앉아 발과 날개와 머리로 얄미운 짓들을 해요
약 올라요
돌을 던져 혼내주고 싶어요
나는 풀꽃들과 벌레들을 더 찾아
내 친구로 사귀어두어야 해요
또
꾀꼬리가 우네요
그곳을 보았지요
안 보여요
괜찮아요
나는
'그곳'이 좋아요
그곳에는 아무것도 없고
아무거나 다 있어요
내 어떤 마음을 그곳에 맡겨두었어요
나는 늘 그곳에 가서 혼자 놀아요
꿈을 꿀 때도 있어요
거미들을 더 찾아야 해요
줄이 없는데, 사실은 내 눈에 안 보이는데

거미가 이쪽 풀잎에서
저쪽 풀잎으로 쪼르르 허공을 건너가요
「미션 임파서블」의 톰 크루즈처럼 거꾸로 매달려 건너
가요
평양 능라도 경기장, 아리랑 공연하는 푸른 옷자락 선녀
배우처럼요
이 아이들은 너무 작아서 내 눈에는 티 같아요
사진으로 찍어 모양을 확대해요
사진을 들여다보면
유채씨보다 작은 벌레들이
사대육신 오장육부를 다 가지고 있어요
너무 작아서
세상에는 없어요
사랑하면 무게가 없어요
달팽이 무게로
휘어진 풀잎
위에 앉아 나는 쉬어요
나도 생각의 무게를 줄일 줄 알아요
아이들이 이슬을 데리고 놀러 와요

우리는 노래도 부르고 이야기도 하지요
너무 웃기면 안 돼요
너무 슬프면 안 돼요
행복을 독차지하면 안 돼요
너무 크게 울면 풀잎들이 흔들리고
이슬들이 굴러떨어져 깨지거든요
내가 마을 이야기를 해요
내일 아침에는 더 많은 아이들을 만날 수 있어요
소문은 빠르거든요
어? 얘들아, 근데 저 소리로 우는 새는 무슨 새야?
아까부터 나를 따라다니며
울었거든
소리가 아주 작아
우리도 몰라요
며칠 전부터 울었어요
새가 같은 소리로 우는 것은 위험에 처했을 때래요
알을 낳아놓은 집에 뱀이 다가오거나
새끼들을 보호해야 할 때 더 크게 운다고 그러던데요
저 새는 노랑턱멧새야

턱이 노란색이야
이슬이 더 왔나봐요 풀잎이 더 휘어졌어요
풀잎은 괜찮대요 오! 휘어진 풀잎들!
풀잎은 무게의 힘에 지지 않아요
이슬은 떨어지는 무게는 잘 몰라요
풀이 알지요
나, 갈게
풀잎이 흔들리지 않게 아이들이 고개를 돌려 나를 봐요
나는 달팽이가 어디까지 갔는지 봐야 해
달팽이를 가만히 보고 있으면
제자리에 있는 것 같아
내가 무슨 일로 두어 걸음 다른 곳에 갔다 와보면
풀잎 끝에 대롱대롱
매달려 있는 달팽이는
겨우 삼 밀리미터쯤 갔어요
아, 나는 이제 갈래
곧 밥 먹을 시간이야 너무 늦었어
달팽이가 떨어지면 어떡하려고요
괜찮아

풀잎들이 받아줄 거야
굴러가는 이슬을 본 적 있니?
얘들아, 우리 집에 갈까?
아니요, 너무 멀어요
이슬은 가다 마르고
달팽이는 한 이틀쯤 걸릴 건데요
거미는 짓던 집을 마저 지어야 해요
그래, 그럼
내가 내일 아침에 또 올게
응!
응!
응!
응!
아이들이 이슬방울을
하나씩 떨어뜨렸어요
그것이
우리의 약속 응답입니다
(나는 속으로 이렇게 말해요
'이슬아! 이슬들아! 이리 와, 내가 안아줄게

나도 이슬이 될게')

앞산 넘어 흰 달이 오고

하얀 아침 달은 무게가 없어서 구름같이 떠다니고 싶대요

그러면 안 돼! 그이가 못 찾아

인간의 단어로 정확하게 우는 새가 있어요

프리덤! 프리덤! 프리덤!

머큐리 비너스! 머큐리 비너스!

이렇게,

나는 그곳을 돌아보았어요

그곳에는 언제나 많은 일이 생겨요

우리의 아침이지요

나는 아직 사랑을 다 나누지 못했어요

내일은 내일로, 그리고 모레도 글피로 기다릴게

안녕!

풀잎 아기

새로 돋았구나
이슬은 어디서 구해 왔니?

저기 저 별이
울어주고 갔어요

시인이
새벽에 물 길어 가요

오래전 나였던
아가

그 말이
그렇게
아름답구나

지성, 그 이전의 시간들

6월은 무생물과 생물이 최대한의 노력과 최소한도의 극한 인내로 창조해낸 체계들의 무성한 절정이다. 절정의 순간은 다음을 잇는 강력한 생명들의 적대적인 힘이 결집된, 우주 운행과의 연결 신호다. 자연의 시간에서 비물리적 작전은 성공하지 못한다.

산딸기가 익고 나비들이 어딘가로 숨는 도중에 숲속에서 죽고 사는 달빛과 어둠과 바람의 성패에 그 무엇도 개입하지 못한다. 개입은 게임이 되어 끝내 이해관계로 멸절을 유발한다. 자연이라고 어찌 야합이 없을까. 비굴은 언젠가 생명에 대한 공격의 빌미가 되어 더 큰 상처로 나타날 것이다. 인과응보 없는 진화의 결과는 없다(이 문장은 지울 것).

자연선택의 순환 고리가 차단된 생태계는 비와 눈과 혹한과 혹서로 인간을 향해 국지전을 벌이고 있다. 변명과 포기를 모르는 자연은 끝내 생명의 약속을 찾아갈 것이다. 백억년 전 빅뱅은 0초에 이루어졌다.

6월의 냉기와 습기, 떠도는 무성한 구름의 행로는 태양계에서 무한한 생존 능력의 연속이다. 나무가 자라고 풀이 자라고 꽃이 피고 열매를 땅에 떨어뜨리는 꽃가루들의 부지런한 분산! 무한한 율동, 마른 낙엽 위를 기어가는 발 많은 벌레의 발놀림, 발도 없이 이동하는 육체의 막강한 생존력은 빛과 바람의 논리적 판단을 염두에 두지 않는다. 다음을 믿는 무궁한 절대적인 수의 결정에 굴하지 않는다. 박토에 핀 꽃의 색채와 테두리는 인간들의 미학적 서사와 무관하게 선연하고 행복한 햇살과 바람처럼 시시때때로 명랑하게 폭발하고 비행한다. 생명의 두려움을 버리려는 투쟁이 해방의 향기를 얻는다.

가뭄에 핀 꽃의 열매는 단단하게 여물어가며 사랑의 실패를 염두에 두지 않고 존재 이유를 보여준다. 특별한 이유는 없다. 거대한 이 운동권에서 균형은 전멸이다. 냉정이 진화를 돕는다. 결정 없이 노동한다. 어떤 생명도 다음을 모른다. 나비는 어둠으로 비 올 바람을 일으킨다.

돌연은 위대하고 변이는 혁명의 결과다. 더듬이들은 모든 종의 기원과 빛과 어둠과 모태와 교신한다. 이의(異義)를 모른다. 무성(茂盛)의 극을 향해 치달리는 6월은 생명들의 폭발을 억누른다.

시인은 시를 이겨서 어떤 세상에 도달한다. 어떤 체계를 갖춘 인류의 체제에서도 '시인을 이기지 못한다'라는 말은 모든 혁명의 구호다. 인간만이 스스로 만든 신호를 교란하며 너 죽고 나 죽는다.

나는 봄과 여름과 가을과 겨울, 그 위대한 계절이 연결된 연장을 믿는다.

6월이 7월에서 아름다운 이유는, 세상의 모든 이유와 우호적이었던 5월과 8월 덕이다.

나무가 서 있다

내가 사는 집 창밖에는
나무가 많다
나무는 서 있다
기상(氣象) 상태로 산다
그 일기(日氣) 중에
나는 나무에게 바람이 분다는
사실들을 현실로 일기장에 적는다
나는 언젠가 나무가 부르는
바람이 될 것이다
내가 사는 집 창밖에는
나무가 많다
나무는 서 있다

나는 헤아릴 수 없는 약속으로
여기 왔다.
별과 나는 어둠과 빛으로 오늘 밤을 약속했을 것이다.
찬 이슬 속 푸른 거미들의 집, 비와 바람과 서리의 약속은
얼마나 오래전의 일일까.
아무도 모르는 생명들의 약속은
시를 쓴다.
시? 시는 착오들의 율동, 저 별이
여기 이 별로 오는 그 무수한 수, 그러니까
어디에서 쉬고 있는 나비의 바람과 사랑의
서사(敍事),
그것은 신비로운 약속!
시와 음악 그리고 어둠, 극복, 희구, 아침 달은 겨울 속에
잠들고
나는 풀잎 위를 바람의 이슬로 걷는다.
삶은 아슬아슬하고 결정은 위험하다.
내게서 무슨 일이든 일어난다.
결론에 도달한 약속은 없었다.
실패와 실수는 세상에 맡기고

나는 세계를 향한 나의 승리를 꿈꾼다.

나는, 죽음처럼 살아 있다.

음(音)과 같이, 시! 이 숨소리, 이 입김, 이 눈동자, 이 손길, 이 입맞춤, 공개된 판단의 이 비명.

시! 사랑과 이별, 그 허구를 메꾸는 허구.

시, 약속은 없다. 그

거부와 저항과 혁명의 역사여!

그 일이 아니었으면 나의 이곳이 어디에서 왔을까.

모두 이것이, 저것이, 그것이 이런 약속이었다.

모든 약속은 해지를 향해

살아 있다.

그날의 밤은 모두 초록이었다.

2026년 3월
김용택